혼적

흔적

발행일 2025년 3월 19일

지은이 송진훈
펴낸이 손형국
펴낸곳 (주)북랩
편집인 선일영   **편집** 김현아, 배진용, 김다빈, 김부경
디자인 이현수, 김민하, 임진형, 안유경, 최성경   **제작** 박기성, 구성우, 이창영, 배상진
마케팅 김회란, 박진관
출판등록 2004. 12. 1(제2012-000051호)
주소 서울특별시 금천구 가산디지털 1로 168, 우림라이온스밸리 B동 B111호, B113~115호
홈페이지 www.book.co.kr
전화번호 (02)2026-5777   **팩스** (02)3159-9637

ISBN 979-11-7224-549-8 03810 (종이책)   979-11-7224-550-4 05810 (전자책)

(주)북랩 성공출판의 파트너

북랩 홈페이지와 패밀리 사이트에서 다양한 출판 솔루션을 만나 보세요!

홈페이지 book.co.kr • **블로그** blog.naver.com/essaybook • **출판문의** book@book.co.kr

---

작가 연락처 문의 ▸ ask.book.co.kr

작가 연락처는 개인정보이므로 북랩에서 알려드릴 수 없습니다.

송진훈 시집

지금 여기 우리

흔적

痕迹

🌀 북랩

저자의 말

처음처럼 조심조심
마지막처럼 미련 없이
살려고 했지만

그 옛날 할아버지 할머니도
그랬던 것처럼

이런저런 흔적을 남기고
사라진 것처럼
나 역시 여기에
또 하나의 흔적을 남기고 사라지겠지

목차

가을

높은 하늘엔 구름 한쪽 바람에 날리고
마른 잎새 외로이 매달려 흔들린다

작은 고추잠자리 제자리에서 맴돌고
두어 개 남은 감들이 까치를 기다린다

저 감 떨어지고 잠자리 날아가면
또 한해가 이렇게 가고 마는 건가?

가을 상념

마른 잎새
외로이 매달린 가을

주황색 감이
대롱대롱 흔들린다

이렇게 가도 되는
세월이냐고

저만치 떨어져서
씁쓸히 웃고만 있다

〈秋想〉 가을 생각

秋天垂一葉, (추천수일엽)
黃柿懸枝梢. (황시현지초)
歲月何無界, (세월하무계)
遠離如苦嘲. (원리여고조)

가을 하늘에 드리운 나뭇잎 하나,
주황색 감은 가지 끝에서 힘겹다.
세월이 어찌 이다지도 끝이 없는가?
멀리 떨어져 쓸쓸히 웃고 있다.

가을엔

가을에 떨어지는 낙엽은 아프다
붉게 핏빛으로 물들거나
누런 상처로 덮여있다

다행인 것은 가을엔
낙엽만 있는 것이 아니다

가을엔 옹골찬 밤송이도 떨어진다
가을엔 누런 벼 이삭도 출렁인다
가을엔 눈이 시리도록 파란 하늘도 있다

가슴을 텅 비우는 계절
떨어내는 세상을 맞이하며
알알이 품어 안는 대지의 진리를 배운다

겨울나무

꽃은 화사하여 칭찬을 받고
열매는 탐스러워 마음을 빼앗는다

앙상한 나뭇가지들은
무엇으로 추운 겨울을 떨며 견디고 있을까?

무성한 잎새들을 거느리며
싱그러움을 자랑하던 날들
새들도 둥지 틀어 노래하고
벌레들 먹여 살리며 제 살까지 내주었지

가지가 있어 꽃을 피우고 열매를 맺어냈지만
숨겨져 존재함도 잊혔다
다 빼앗기고 잃어버린 겨울이 되면
헐벗은 모습으로 인고의 시간을 보낸다

새봄이 오면
다시 꽃을 피우고 열매를 맺으려고

고운 잎새처럼

소문도 없이
알 수도 없는 곳에서
봄바람이 불어오듯

어느 결에
다가온 당신을
그냥 느껴봅니다

이미 녹색인
저 고운 잎새처럼

이미 와 버린
이 봄바람처럼

내 안에 당신이
마른 거죽을 찢고
뾰족하게 고개를 내밀고 있다

구피의 생각

매일 아침이면
어디선가 떨어지는 먹이

어쩌다가는 한바탕 휘몰아치며
바뀌는 맑고 깨끗한 물

분명
알 수 없는 무언가가
나를 지켜보며 보살피고 있다

하나님도
이렇게
날 지켜보실까?

굳이

딱히 할 말은 없어도
굳이 할 일도 없지만

그냥 함께 있으면
괜히 옆에 있으면

마음이 편한 듯
표정이 밝아진다

그날?

혹시 오늘이 그날일까?

일상의 하루가 바뀌는 날
해가 서쪽에서 뜨는 날

자고 나면 눈 뜨이는 게 기적이라지만
심장이 제 혼자 알아서 잘도 뛰는 게 기적이라지만

기적이 일상처럼 일어나는 나날이지만
일상을 기적처럼 여기지 못하고

늘 또 다른 기적을 기다리는 어리석음이야
오늘도
혹시 그날은 아닐까?
하며 기다린다

그냥

내가 "나는 네가 좋다"
그도 내게 "나도~"

내가 그에게 묻는다
"왜 좋은데?"

그가 대답한다
"그냥"

〈愛情〉사랑

我語我歡儂, (아어아환농)
他聲他亦是. (타성타역시)
試詢何有情, (시순하유정)
應答無端嬉. (응답무단희)

내가 "당신이 좋아" 말하면,
그도 "나도"라고 속삭인다.
왜 사랑하는지 물으면,
그냥 싱긋이 웃기만 한다.

그대 가는 곳

그대 가는 곳에
작은 그림자 하나 보이거든

그대 바라보는
내 눈길이라 여기소서

그대 가는 곳에
한 줌 바람 귓가에 스치거든

그대 따라가는
내 마음이라 여기소서

그 안에

바다가 물을 품어 배를 띄우듯
하늘이 대기를 채워 비행기를 날리듯

달리는 자동차 안에서도
춤추는 무대 위에서도

난 당신을 사랑하고
당신은 날 사랑했지

이미 그 안에 있기에
그것을 느끼지도 못하면서

하늘의 새가 하늘을 의식하지 않듯
물속의 고기가 물을 보지 않듯

당신의 품 안에서
난 당신을 볼 수 없었지

사랑 안에서
그것이 사랑인지도 몰랐지

그때도

그 옛날 할아버지 할머니들도
꽃을 보면 좋아했고
벌을 보면 무서워했네

그 옛날 할아버지 할머니들도
달을 보며 노래했고
바람 쐬며 좋아했네

그 옛날 할아버지 할머니들도
사랑싸움 마다치 않고
희비애락 견뎌냈네

그때도 오늘처럼 살았나 보다
그들도 우리처럼 살았나 보다
사람 사는 게 다르지 않나 보다

기다림

꽃이 진다 슬퍼 마라
깊은 속에 그려놓은 추억이 있다

긴 날을 속으로 속으로 삭이며
정성스레 빚어내어

햇살 좋은 날
바람 고운 날
펼쳐 보이리
사랑의 고백을

기다림
기다림만이
우리를 만나게 한다
우리 되게 한다

길

길 위에서 길을 묻는다

어디로 가는 길을 묻고 있는가?

그 어떤 길도 모두
내가 서 있는
이 길에서 시작된다

다만 방향이 문제이다

깔때기

내 마음 비록 주둥이 작은 병 같아
받아들이기 힘들지 몰라도,

당신 사랑 깔때기 되어
내 안에 꽂힐 때

난 어떤 병보다
넓은 주둥이 갖게 되어
넉넉히 어렵지 않게 담아내겠지요

껍질을 벗는 나무

한 껍질 한 껍질
벗겨내고 또 벗겨내지만
결코 헐벗은 알몸을 드러내지 않는구나

세월의 허물을
아낌없이 벗어내면서
자신을 지켜내는 나무야

허물을 벗을 때마다 성장하는 뱀처럼
아기 옷을 벗고 언니 옷을 바꿔 입는 아이처럼
차가운 얼음을 녹여내며 솟아나는 샘물처럼

껍질을 벗으며
세월을 살아내는 나무야
너를 배우고 싶구나

꽃놀이

이름 없는 꽃이 어디 있으랴마는
그 이름 모르니 어찌하리
보기 좋아 꽃이고
향기 나니 꽃이 아니런가

내가 너를 보고
네가 나를 보니
그 이름 불러 무엇하랴

〈無名花〉 이름 없는 꽃

或存無號蘤, (혹존무호위)
每草有華香. (매초유화향)
前坐樂欣賞, (전좌낙흔상)
何須外處徨. (하수외처황)

이름 없는 꽃이 어디 있으랴
모든 꽃은 아름답고 향기롭다
마주 앉아 즐겁게 보고 있으니
이밖에 무엇을 더 바라겠는가

꽃잎의 자랑

양쪽 끝이 모여 있는
꽃봉오리
더없이 예쁘다

한쪽 끝 벌어진
활짝 핀 꽃송이
제 모습 자랑한다

잘난 멋에 취해
각자 흩어지면

떨어진 꽃잎 되어
바람에 날리고
발에 밟히고 만다

꽃잎처럼

이 봄에 피어나는 꽃이 예쁜 이유는?

하고 많은 색깔 가운데 자기의 것
하나만을 선택할 수 있어서
보지 못하는 것들을 위하여
고운 향기 나누어줄 수 있어서

모양이 예뻐서, 색깔이 고와서,
어두운 밤 향기를 찾아온 손님에게
깊은 속의 꿀까지 내어주며
대접할 줄 아는 달콤한 사랑이 있어서

겨우내 내 것이라고 간직해온 것들을
두 주먹 펴듯 활짝 펼쳐서 내어줄 수 있어서
이 봄에 핀 꽃은 더욱 아름답습니다

나무쐐기

커다란 바위 같은 세상
그러나 거기에도 결이 있단다

작은 나무쐐기를 결 따라
구멍 뚫어 박으면
물먹고 불어나고
또 물먹고 불어나면

작은 나무쐐기 못 이겨
얼마 안 가서 갈라지고 말걸…
저 커다란 바위도

남은 정

새하얀 눈 밟으며 다정했는데…
눈 위에 남은 발자국!
지우는 햇살만 미워하는구나.

〈殘痕〉 남은 자국

踏雪交多情, (답설교다정)
留痕笑昨徨. (유흔소작황)
今時汝遠處, (금시여원처)
厭破印殘陽. (염파인잔양)

눈을 밟으며 다정했는데
남은 흔적이 어제의 일을 비웃는다
오늘 너는 멀리 떠나고
발자국 녹이는 잔인한 햇살만 미워하는구나

눈

뿌연 하늘이
뽀얀 세상으로 내려온다

곱게 덮인 길 위에
조심스레 남긴다
흐트러지지 않은 모습을

잠시 후 지워질 그림인 줄 알면서도
반듯한 모습이길, 예쁜 모양이길

하늘과 땅이 다르고
오늘과 내일이 다른 것을
알면서도 모른 척하고 살아가려 한다

이 세상에서
이 순간을 그려내면서

눈물

나는 보았다
내가 아파서 슬프다며 글썽이는
그 눈물을

나는 알았다
내가 아픈 것이 그를 슬프게 한다는 것을
그도 같이 아파하는 것을

나는 다짐한다
내가 그 안에 있음을 잊지 말고
살아야겠다고

나는 바란다
그도 내 안에 있어서 함께
살아갈 수 있기를

눈송이

당신에의 끌림이
나를 내려오게 하십니다

하늘을 올려다보며
나를 맞이하시는 당신

당신의 눈동자에
나는 빠져버립니다

· · ·   · · ·   · · ·

당신은
한 방울의 눈물을 흘립니다

다 그래

앗! 하면서 한고비 넘고
우~하면서 두 고비 넘는구나

네가 아프니 나도 아프고
내가 웃으니 너도 웃는구나

힘들거나 기쁘거나
우린 다 그래
그렇게 사는 건가 봐

단풍

빨간 단풍잎을 손에 들고
보다가 깜짝 놀랐다

손바닥에 붉은 물이 보였다
다시 보고 확인한다

내 눈에, 내 마음에
붉은 가을이 차고 넘친다

달빛 아래

물에 비친 저 달은
맑기만 하네

저 냇가의 물은
쉼 없이 출렁이지만
달빛은 그 자리에서
나를 비추고 있네

그림자 같은 세상일들
끝없이 뒤바뀐다 해도
내 마음 한 모습으로
살아갈 수 있기를

달을 보며

무심하게 밝은 저 달
거울처럼 환하기만 하네

내가 웃으면
저 달도 웃고
내가 찡그리면
저 달도 찡그린다

세상에 힘든 일 많아도
내가 먼저 웃으면
이 세상도 웃겠지

〈月下〉 달빛 아래

用心如皎鏡, (용심여교경)
清月似明盤. (청월사명반)
隨想有無別, (수상유무별)
浪搖影不抏. (낭요영불완)

마음 씀씀이가 거울과 같으니
무심한 달은 쟁반처럼 반짝인다
마음 따라 있고 없음은 다르지만
출렁이는 물결에도 그림자는 변함없네

담과 문

끝없이 이어진 만리장성도
우리 집 작은 울타리에도
어딘가에 드나드는 문이 있고
안과 밖으로 통하는 곳이 있다

담이 있다는 것은 어딘가를 둘러싸는 것이고
그곳엔 무언가가 있다는 것이며
그것은 주인이 있다는 것이다

담에 막힌다는 것은 목적지가 가까이 있음이리라
더욱이 문을 찾을 수 있다면
우리는 주인을 만날 수 있다

도둑

나는 도둑이다
사람들의 마음속을 드나드는 도둑이다

나는 마음속 깊숙이 간직하고 있는
온갖 짜증이 나고 힘든 일들을
몽땅 훔쳐내는 도둑이다

잊고 싶은 것을 잊고
갖고 싶은 것을 가질 수 있다면 얼마나 좋을까

나는 그들의 가슴속에 감춰진
작은 꿈과 행복을 찾아내어
마냥 자랑하는 도둑이다

그들은 간절히 바라면서도
꺼내어 버리지도 못하고
찾아내어 누리지 못하고 있다

그런 것들이 제 안에 있는 줄도 모른다
어? 그게 내 것이었다고?

돌탑

그대 큰 돌이 되지 못했다고
서러워 마라

저 큰 돌도 작은 돌이 받쳐주지 않으면
온전히 제자리를 지키지 못하니

서로가 제 몫을 다하매
멋진 세상을 이루나니

〈觀石塔〉 돌탑을 보며

莫憂儂是礫, (막우농시력)
小磏止斜傾. (소점지사경)
萬石持原位, (만석지원위)
相和築大城. (상화축대성)

그대 작은 돌이라고 염려하지 말라
작은 돌이 쓰러짐을 막아주노라
많은 돌이 제 자리를 지켜냄으로
서로 힘을 모아 큰 성도 세워지노라

동반자

잠이 안 와 뒤척일 때
소곤소곤
속삭이는 사람

악몽을 꾸고 있을 때
지체 없이
깨워주는 사람

차버린 이불자락을
끌어당겨
덮어주는 사람

늙어버린 세월 속에서
함께해서
닮아가는 사람

만남

우연이라면
당신을 만난 것입니다

필연이라면
당신을 사랑한 것입니다

우연과 필연 사이에서
우린 살아갑니다

맡겨진 사람

당신을 믿습니다
나의 영혼을 맡깁니다
나의 삶을 맡깁니다

난 없습니다
모두 당신께 맡겼으니까
그런데
'내가 없다'라고 하는 나는?

그래서
또다시 당신께 맡깁니다
나를 부인하고 싶어서
안간힘을 씁니다

몽돌

파도가 밀려올 때마다
서로 부둥켜안고
함께 굴러다니는 몽돌들

그래서 몽돌은
더욱 동글동글
더욱 매끈매끈

수없이 다짐하는
속삭임들이
자그락자그락

서로를 매만지며
서로를 위로하며
예쁜 세상 만든다

무제

적당히 놓아주면

조금 내려놓으면

잠깐 멈추어 선다면

한결 좋아집니다

물과 공기로

험한 암초에 배가 부딪칠세라
물을 넉넉히 채우사
깊은 바다를 이루게 하시고

높은 산봉우리 걸려 다칠세라
공기를 가득 불어 채우사
비행기 높이 띄우시니

하늘과 바다에
하나님의 은혜가
차고 넘치나이다

바람 같은 그대

그대는 바람
나는 구름
당신의 입김에
가벼운 나래 접고
이 산 저 산 떠다닙니다

어쩌다 그대 숨결 멈추면
그냥 그 자리에서
걱정스레 바라봅니다
뜨거운 햇살 아래
자취 없이 사라질 때까지

나의 마음
그대 가슴에 작은 숨결
어디로 가든
어디서 머물든
당신의 마음

바른길

한없이 텅 비어 있는
저 하늘에도 비행기 길이 있고

끝없이 너른 바다에도
뱃길이 따로 있단다

수많은 인생살이
많고 많은 모양으로 살아가지만

거기에도 옳은 길은 따로 있단다

〈正道〉바른길

高空應往路, (고공응왕로)
闊海載船途. (활해재선도)
人事滿因緣, (인사만인연)
天綱畵正圖. (천강화정도)

높은 하늘에도 날아가는 길이 있고
너른 바다는 뱃길을 머리에 이고 있네
인생살이 많고 많은 인연이 있지만
하늘의 벼리는 올바른 그림을 그린다네

바닷가에서

넓디넓은 바다
바람 불면 파도 출렁이고
바람 자면 잔잔하구나

파도 일고 자는 것이
형편 따라 다르니

자연의 순리에 따름이구나

〈望海〉 바다를 보며

有風還自起, (유풍환자기)
無事示常靜. (무사시상정)
止動從方便, (지동종방편)
乾坤居此境. (건곤거차경)

바람이 있어 파도가 일어나고
아무 일 없으니 잔잔하구나
멈추고 움직임이 형편대로 가니
하늘의 이치가 여기 있구나

바깥세상

세월이 간다
아이들이 커가는 것을 보면
친구들이 늙어가는 것을 보면

우리의 눈과 귀는 밖을 향하고 있다
안은 보지도 듣지도 못한다
너를 보고 들으며
나를 알고 나를 살피며 살고 있다

반달

짙은 단풍 위로
뽀얀 반달이 솟아오른다

얕은 능선에 볼을 비비듯
오를 줄 모르고 눈치만 본다

저 달도 단풍이 좋아
저렇게 머뭇거리고 있나 보다

밤 벚꽃놀이

달빛이 하얀 건지
꽃잎이 하얀 건지
아니, 아니
술잔조차 하얗구나

고기보다 더 좋은
옛이야기 안주하니

네 마음도 내 마음도
이 밤 저 달빛 아래
벚꽃처럼 아름답구나

번지점프

저 절벽 아래
세상을 향한

나의 번지점프에는
당신의 사랑이 있다
그래서 나는 뛰어내린다

당신을 믿는 만큼
서슴없이 나를 던진다

알지 못하는 저 낭떠러지 밑으로,
아니 당신의 사랑 속으로
나를 던진다

벼

꿀도 없고 예쁜 꽃잎도 없어
벌 나비 찾아오지 않네
다만 살가운 바람만이 벗이 되어
어루만지고 안아주네

더운 여름 견뎌내며
깊은 고뇌 알알이 새겨
꽃들 모두 보이지 않는 가을
황금물결로 출렁이네

〈稻花〉 벼꽃

無蜜莫妖艷, (무밀막요염)
蝶蜂不索它. (접봉불색타)
順風唯拂穗, (순풍유불수)
應答變黃禾. (응답변황화)

꿀 없고 요염함 없으니
벌 나비는 그를 찾지 않네
순풍이 이삭을 쓰다듬어 줄 뿐인데
누런 벼로 변하여 응답한다네

병

그건 병이다
물 담는 병이 아닌
마음을 삭이는 병이다

원래 병이란
들고 싶어 들지는 않는다
어린아이 꾀병이 아니고서야

자신도 모르게
걸려드는 것이다
그리움도 사랑도 그렇다
어느결에 이미 병든 것을
느끼게 된다

그래서 더 조심하고
안타깝게 여기면서도
귀하게 모셔야 한다

병든 몸과 마음을
다독거리며 살아야 한다

병든 사람에겐
그 어떤 처방보다
다독여주는 손길이
더 커다란 효과를
빚어내기도 한다

사랑병엔
사랑이 약이다

봄바람

봄바람에
꽃들은 열리고
벌 나비 날아드는데

기다리는
내 님은
소식이 없네

분재를 보면서

얼마나 고생이 많을까!
숨도 못 쉬고 발도 못 뻗으며
긴 세월 견디며 살아가는 네 모습

우리는 아름답다 칭찬하는구나
한마디 칭찬을 위해
인고의 세월을 견뎌낸 생명

〈盆栽〉분재

多辛縛幹枝, (다신박간지)
難吸未成器. (난흡미성기)
忍苦盡生姿, (인고진생자)
人言儂却媚. (인언농각미)

얼마나 고될까! 꽁꽁 묶인 몸뚱이
숨도 못 쉬고 제 모양 잃었네
힘겹고 살아가는 모습이건만
사람은 널 보고 멋있다 하는구나

불귀(不歸)

돌아가지 않으리
언제, 어디서 왔는지 모르나
여기 지금을 알 뿐이니
내 삶과 존재가 이에 족하다

돌아가지 않으리
지나온 날과 일들이
아쉽고 달콤하기도 했지만
난 여기 지금 최선을 다하리

뷔페에서

어버이날을 기념하여
딸아이 손을 잡고
멋지게 차려진 뷔페에 갔다

무엇을 먼저 먹을까?
어느 것이 더 맛있을까?

이것저것 다 먹어보고
한없이 먹고 싶지만…

가득히 차려진 진수성찬
내 손에 들린 접시는 작기만 하다

하고 많은 세상일도
할 수 있는 일을 잘 골라 담아
내가 마음먹고 하기 나름 아닐까!

비 오는 날

어제도 비가 왔다
오늘은 해가 떴다
내일은 어떨지?

그렇게 우리는 살아간다
비가 오면 비를 보며
해가 뜨면 햇살을 느끼며

떨어지는 빗방울도
내리비추는 햇볕도
저 너머의 일처럼

다만 우리는 여기에
이 시간을 누리며
삶을 만들어가고 있다

우산도 써보고

양산도 써보면서

할 수 있는 일들을 하면서

비 오는 밤

가랑비 소리 없이 내리고
아득히 떠오르는 친구

그는 달밤을 좋아했었지

지금은 비가 오는데
달도 없는 이 밤

비를 맞으며
오지 않을
그대를 그리워하네

〈雨夜〉 비 오는 밤

孤月念知友, (고월념지우)
細濛搖慕腸. (세몽요모장)
無人襟漸浸, (무인금점침)
君見我悽傷. (군견아처상)

고독한 달밤 좋았던 친구를 생각하니
가랑비는 그리워하는 마음을 흔드네
사람은 오지 않고 옷깃은 점점 젖는데
그대는 보는가? 나의 쓸쓸하고 아픈 마음을

유리창에 흐르는 빗물

창에 부딪혀 흐르는 빗물은
그냥 물이 아니다
절망에 우는 눈물의 흔적이다

눈에 보여도 다가갈 수 없는
님을 향한 절망
바깥의 일이라고
나 몰라라 해서는 아니 된다

〈窓滴〉 유리창에 흐르는 빗물

窓雨不垂水, (창우불수수)
愴然啼淚痕. (창연제루흔)
只憧無行到, (지동무행도)
莫笑未浸褞. (막소미침온)

창가의 빗물은 흐르는 물이 아니고
애처롭게 흐느끼는 눈물의 흔적이네
그리워할 뿐 다가가지 못하는 모습
내 옷 젖지 않는다고 조롱하지 마시게

빈 수레

완전히 빈 수레는 요란하지 않다
온전히 채워진 수레도 요란하지 않다

어설프게
몇 개만으로 채워진 수레
없지도 않고 많지도 않은
그것이 요란스럽게 떠든다

겸손함도 없고
완벽함도 없는 수레

비워서 겸손하든지
채워서 완벽하든지

빈껍데기

속 빈 깡통
호두 껍데기
조개껍질
텅 빈 저금통

시간을 초월하여
변함없는 모습으로
한결같이 남아있는
속없는 껍데기들

그래서
그림을 그리고
형상을 조각하고
사진을 찍어둔다

썩어지는 물질을 배척하고
살아있는 영혼은 승천하고
지상에 남겨놓은 흔적들

모든 껍데기만이
영원을 차지하며
그 속의 짧은 추억들이
시간을 이어놓는 고리가 된다

빗방울

비가 내리는 날
창밖에 앉아 차를 마신다

방울방울
찻잔에 떨어지는 빗방울

지난날의 추억처럼
찻잔에서 맴돈다

〈雨中盞〉 빗속의 찻잔

零窓對壹埦, (영창대일완)

雨絲凝似瓊. (우사응사경)

幸憶沈重疊, (행억침중첩)

喜胸漫和平. (희흉만화평)

비 내리는 창가에 앉아 찻잔을 대하면

빗방울 구슬처럼 잔에 담긴다

행복했던 추억들이 우수수 내려앉아

가슴 가득 평안이 밀려든다

살펴 주소서

쟁기를 든 손,
그리고
앞으로 밀고 나가야 하는 발길을

하나님이시여
굽어살펴 주소서

하나님 나라에 들어가기를 원하오니
우리의 마음을 살펴 주소서

뒤를 돌아보지 않게
놓고, 버리고, 잊게 하소서

앞으로 나아가며
더 깊이
더 넓게
마음 밭을 일구어내는
부지런한 농부가 되게 하소서

삼일천하

사흘 볕에
활짝 웃고 가는 꽃잎이

석 달 땡볕에 익어가며
모진 풍우(風雨) 견뎌내어

오롯이 열매 하나 지켜내는
잎새의 아픔을 어찌 알겠나!

서로를

나는 당신을 볼 수 있지만
당신은 당신을 볼 수 없지요

당신은 나를 볼 수 있지만
나는 나를 볼 수 없듯이

우리 서로를 보아주고 비춰주는
서로의 눈이 되고 손이 되어

챙겨주고 아껴주며 안아주어
미련 없이 조화롭게 살아갑시다

세월

잘린 나무토막에서
새싹이 돋아난다

사막에서 폭우를 맞아
요정 새우가 부화한다

메마른 가슴에
사랑이 싹튼다

알 수 없는 조화로움
죽은 듯이 기다리던
하고 많은 세월

누가 가늠할 수 있을까?
언제쯤일지 모르는 그날을
우리도 간직하고 살아가는 것일까?

소심(素心)

내 마음은 하얀 종이
글을 쓰면 편지가 되고
꽃을 그리면 꽃 그림

내 마음은 빈 그릇
물을 담으면 물그릇
밥을 담으면 밥그릇

내 마음은 텅 빈 하늘
햇살을 안으면 환한 하늘
구름이 가리면 어두운 하늘

하얀 종이에 너를 그리면
빈 그릇에 너를 담으면
맑은 하늘이 너를 만나면

하얀 내 마음은 어찌 될까?

숨바꼭질

숨바꼭질에는
찾는 자와
숨는 자가 있다

숨어 있는 자의 설렘
찾는 자의 성취감

그러니 너무 꼭꼭 숨어
찾지 못한다면 재미가 없다

적당히 찾을 수 있게 해주고
포기하지 말고 찾아야 한다

찾아주기를 기대하면서 숨는 것이고
어디선가 나타나기를 믿고 찾는다

그것이 서로의 믿음이고
그것이 놀이요, 삶이다

쉬엄쉬엄

살다 보면 빨간 등이
켜질 때도 있다

기다리면
반드시
파란 등이 켜진다

그렇게 쉬엄쉬엄
살아가는 게 인생이다

시간들

떨어진 잎을 밟으며
떨어질 잎들을 바라본다

이제로부터 거슬러 올라가며
흘러온 시간들을 본다

이제로부터 지나가서
또 다른 과거로 만들어질 시간

멈추지 않고 흘러가는 시간들
그 한순간에 나는 서 있는 것이구나

푸르던 잎이 갈잎이 되고
다시 나무에서 떨어져 밟히게 되는
시간들을 돌이켜보는
나 역시 흘러 지나가고야 말리라

시골집

창문을
활짝 열어두어도
먼지 들어올
거정하지 않는나

굳이 음악을
틀지 않아도
잡음에 방해받을
걱정이 없다

파아란 하늘만큼
가득한 맑음을
푸른 산만큼
해맑은 고요를

가슴 가득 안고
온몸으로
시간과 공간을
감싸안는다

아지랑이

분명 여기에 있다
지금 내 눈앞에

잡아도 잡히지 않고
닿아도 느껴지지 않는

그러나 아직도 내 앞에 있다
그래서 나는 몽롱함에 빠져있다

있어도 없는 듯
보아도 못 본 듯
헤어나지 못하는 얄궂은 현실은

봄날의 아지랑이처럼
잡히지 않는 꿈인가보다

무시할 수 없는 아른거림
모든 것이 아지랑이 같다

안부

세월 속에 작은 점으로
남겨지는 기억들

그래도 많이 찍어 놓으면
글자가 되고
더 많이 쌓인다면
의미를 갖겠지요

먼 하늘 구름처럼
아련한 기억들

그래도 서로 엉겨 붙으면
빗방울 되어
메마른 가슴
적셔주기도 하겠지요

어둠이 깔리면

어스름 황혼이 깔리면
아이들은 하나씩 돌아가고
시끄럽던 마당이 조용해진다

난장판 정리하며 옷깃을 여미고
나 또한 돌아갈 곳을 찾아간다

〈夕曛〉어둠

夕暮移昏夜, (석모이혼야)
故交歸己家. (고교귀기가)
吾將回本土, (오장회본토)
謙遜整藍麻. (겸손정람마)

어스름 저녁이 어둔 밤으로 가면
친구들은 각자 집으로 돌아간다
나 또한 장차 본향으로 돌아가야 하기에
겸손한 마음으로 낡은 옷깃을 여민다

오늘은

준 것도 없고
받을 것도 없는데
그리움 남아있어
마음은 어리석어지기만 하네

서로 만날 일
감히 바라지 못하지만
오늘은 특히 더 그립구나

〈思慕〉그리움

無授且無受, (무수차무수)
有懷心只癡. (유회심지치)
相逢何敢就, (상봉하감취)
思慕勝前時. (사모승전시)

준 것 없고 게다가 받은 것 없지만
그리움은 남아 마음은 어리석기만 하네
서로 만날 일 어찌 감히 이루어지겠는가?
그리움은 전날보다 더하구나

오늘은 더 예쁘다

매일 걷는 산책길
어제도 피었던 꽃
오늘도 피어있다

그런데
오늘은 더 예쁘다

꽃이 예뻐진 걸까?
내 눈이 예뻐진 걸까?

외롭지 않다

한 송이 꽃을 피웠지만
외롭지 않다
받쳐주는 너른 잎들이 있어서

흰머리로 덮였지만
서럽지 않다
함께 살아온 날들이 있어서

혼자 사는 것 같지만
힘들지 않다
인도하시는 주님이 계셔서

운명을 따르며

푸른 잎 무성하던 뜨거운 여름
열심히 일하고

서늘한 가을 과실을 빚어내며
남은 힘 다 쏟아부었네

이제 붉은 낙엽 되어
땅속뿌리로 돌아가는구나

〈順命〉 운명을 따르다

甘願克炎苦, (감원극염고)

果盈秋節園, (과영추절원)

勤勞終氣盡. (근로종기진)

紅葉順歸根. (홍엽순귀근)

뜨겁던 고통을 견뎌냄을 달게 여기며

과일이 풍성한 가을 과수원

열심히 일하고 끝내 기력이 빠져

붉은 잎은 순순히 뿌리로 돌아간다

울음

새는 입으로 울고
매미는 날개로 운다
개구리는 목으로 울고
방울뱀은 꼬리로 운다

나는 입으로 울까?
가슴으로 울까?
진심을 담아
맑은 눈빛으로 울까나?

〈疏通〉 소통

用嘴千禽叫, (용-취천금규)

夏蟬摩翅鳴. (하선마시명)

人人開口語, (인인개구어)

大悟以心成. (대오이심성)

많은 새가 부리로 노래하고

여름 매미는 날개를 비벼 운다

사람들은 입을 빌려 말을 하나

큰 깨달음은 마음을 통해 이뤄진다

이겨서 뭐 하나

이 ㅡ 이렇게까지 해서

겨 ㅡ 겨우 이긴다 한들

서 ㅡ 서운한 마음만 가득한데

뭐 ㅡ 뭐 땜시 싸운다냐?

하 ㅡ 하늘 한번 바라보고

나 ㅡ 나를 돌아보며 살아보자

이슬

모두가 잠든 고요한 밤
빛도 없이 소리도 없이
살며시 놓고 간 흔적들

벅차도록 넘치지도 않고
실망스레 모자라지 않는
딱 알맞은 사랑의 징표

촉촉한 세상을 빚어내고
튼실한 열매를 안겨주는
영롱한 새벽의 이슬방울

이정표 없는 바람

어디서 오는지
어디로 가는지
이정표 없는 바람이 분다

한여름 열심히 살아
긴 세월 쉼 없이 달려온
갈 길 없는 낙엽

알지 못하는 바람에 날려
여기도 저기도
방향 없이 흩날린다

〈疾風〉 질풍

南北或東西, (남북혹동서)
不知之向方. (부지지향방)
褐紅滿落葉, (갈홍만낙엽)
秋氣削晩裳. (추기삭만상)

남북인지? 동서인지?
그 방향을 알 수가 없다
갈색, 홍색 낙엽을 물들이지만
가을바람은 남은 치장을 지워버린다

이제는

사랑하기엔 너무 늙었지요?
손등의 주름들
느려진 발걸음

멈춰버리기엔 아직 아닌가요?
꽃잎이 예쁘고
바람이 고운데

겉과 속이 달라진 건가요?
아직도 가슴은 두근대지만
이제는 노을도 지고 있네요

인연

꽃이 진다 설워 마라
벌 나비는
공(空)으로 다녀갔으랴

그대 한번 내 맘에 피었으니
고운 인연 고이 키워내리

〈熟透〉 깊이 영글다

飛花生華奢, (비화생화사)

憶裏一雕斑. (억리일조반)

蜂蝶不空去, (봉접불공거)

爾情心內矜. (이정심내긍)

꽃잎 날려 화사로움 일으키니

기억 속에 얼룩무늬 남겨놓았네

벌 나비는 공으로 가버린 것이 아니니

그대 사랑 마음속에 애처롭게 남아있네

있었다

너도나도 하는 이 말
개나 소나 보는 저 달

누가 하면 명언이 되고
누가 보면 진리가 되네

있고 없음은 내 것이 아니나
살고 죽음은 내 안에 있구나

자화상

내 얼굴에 그려진 그림
누구는 예쁘다고 말하고
누구는 밉다고 하네
누가 그린 그림일까?

내 속에 남겨진 그림
때론 자랑스럽고
때론 창피하네
누가 남긴 그림일까?

작은 병의 물로 만족하는 생명

고작 한 모금의 물이지만
감사하는 마음으로 그는 생기를 잃지 않고 있다

그것은 잘린 가지에 불과하였다
살아있는 나무에서 뚝 잘려 버려진 잔가지

잎사귀 몇 잎 붙은 것으로
그것은 세상에 던져졌다

몇 방울의 물이 가지 끝에 닿으면서
그의 지독한 생명은 이어졌다
실뿌리를 내리고 그것이 굵어지며
더 많은 뿌리를 내리고
잎새를 마르지 않게 살려내기 시작하였다

잎새는 감사하며 열심히 영양분을 만들어 내어
뿌리에 공급하며 공생을 시작하였다

작은 병의 물에 만족하며 열심히
살아가는 잘린 가지가
이제 제법 굵은 줄기가 되어가고 있다

점 그리고 점

하나의 점 옆에 또 하나의 점이 있다

하나의 점에서 조심스레 선을 뻗어가며
다른 점을 향해 다가간다
오른쪽으로 굽기도 하고
다시 왼쪽으로 바로 잡기도 한다

점과 점을 이어 선이 생기지만
어찌 잇느냐에 따라 모양이 생긴다
그 모양은 때로는 글자가 되고 그림이 되어
나름의 사연들을 담고 의미를 보인다

당신과 나는 어떤 선을 그으며 살아가고 있을까
백지 위에 던져진 당신과 나

우리 사이의 많은 공간과 시간을
어찌 이으며 살아가고 있는가
마지막에 남겨질 인생이란 작품 하나

제 모습

달도 별도 없는 어두운 밤길
갈 길을 잃고 멈춰선 늙은 원숭이

어둠 속에서 두리번거리며
살아온 날의 그림자를 찾고 있는가

〈愚猿〉 어리석은 원숭이

夜半無星月, (야반무성월)
迷途老瘦猿. (미도노수원)
暗中何四望, (암중하사망)
或是顧儂痕. (혹시고농흔)

밤은 깊어 별도 달도 없는데
길 잃고 멈춰선 늙은 원숭이
어둠 속에서 두리번거리는가
혹시 제 그림자를 찾는가

제 몫

손발이 열심히 움직이며 일을 하지만
텅 빈 콧구멍이 하는 일만 못 하고

온몸 굴려 헐레벌떡 움직이지만
가만히 달려 있는 머리 하나만 못 하구나

일마다 때마다 모든 게
제 몫이 있는 것은 어쩔 수 없구나

〈眞價〉 진가

一口爲滿腹, (일구위만복)
雙手作功殃. (쌍수작공앙)
鼻孔定生死, (비공정생사)
眞如竟不彰. (진여경불창)

하나인 입은 배를 불리고
양손은 공로와 재앙을 만든다
텅 빈 콧구멍 생사를 가르니
참으로 귀한 것은 끝내 드러나지 않는구나

주머니에

색종이를 접듯
당신을 두세 번 접어서
안주머니에 넣고 싶다

생각날 때마다
보고 싶을 때마다
꺼내 볼 수 있게

주름진 것

탱탱한 땡감보다
적당히 주물러진 곶감이 더 좋다

싱싱한 풋대추보다
적당히 주름진 마른 대추가 더 좋다

찬바람 나는 아가씨보다
넉넉한 인정 어린 할매가 더 좋다

딱지 붙은 정가 판매보다
에누리 흥정하는 장판이 더 좋다

우리도 그전에는 누구보다도
생생하며 예쁘고 싱그러웠다

우리도 그전에는 너희들처럼
매사에 정확하고 어긋남이 없었다

틀림없이 보다는 적당히
숫자보다 인정 어린 셈으로
사는 멋을 알게 되었다

차선

차선은 길바닥에 그려놓는다
선을 지켜서 운행하라는 뜻이다
그러나 말뚝을 박아 놓지는 않는다

때로는 선을 넘거나 밟을 수도 있다
그러나 선을 침범하고 있음은 알아야 한다
얼른 제자리로 돌아가야 한다

마음속에 경계선을 그어 놓고
인생을 살아가야 위험한 일이 적다
얼른 제자리로 돌아가야 안전하다

처럼

항상 처음인 것처럼
조심하며

항상 마지막인 것처럼
미련 없이

딱 한 번뿐인 삶이니까

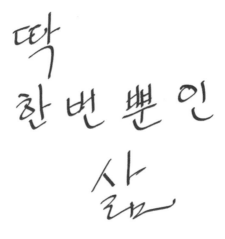

추억

꽃 중의 꽃은
여인의 미소이고

복 중의 복은
그대를 만남이네

수많은 인생이
덧없이 가지만

오롯이 남을 것은
추억뿐이네

〈追憶〉 추억

花最花她笑, (화최화타소)
至恩當對娃. (지은당대왜)
世緣流速過, (세연류속과)
唯留是追懷. (유류시추회)

꽃중의 꽃은 그대의 미소이고
복중의 복은 그대를 만남이네
수많은 사연 덧없이 가지만
오롯이 남은 것은 추억뿐이네

코스모스

넘어지는 꽃가지를 일으켜
세워주는 바람

가냘픈 꽃잎들을 비춰내는
드넓은 하늘

그래서 코스모스는
흔들리며 피어나고

외로운 꽃은
하늘을 그리워하나 보다

콩나물시루

허비하듯
물을 흘려버리곤 하지만
그래서
콩나물은 싱싱하게 자라고 있다

숭숭 뚫린 커다란 구멍
물 한 움큼 거머쥐지 못하지만
그냥 지나가게 둘 수밖에 없지만

고여 있지 아니하고
거저 흘러내려 가게 하기에
빈손으로
새 물을 늘 맞이할 수 있어서
싱싱함이 찾아온다

핑계

그건 핑계일 뿐인걸
알면서 모른 척하는 네가 미워

어찌할 바를 모르는 내 마음
니는 모를 리 없는데

그렇게라도 보고 싶었는데
볼 수만 있기를 바랐던 거야

핸드폰 사랑

핸드폰이 뜨겁다
그대 체온처럼 느껴진다

화면에 가득한 손자국
그대 얼굴 떠오른다

〈手機〉 핸드폰

手機本淨幽, (수기본정유)
被觸吾情思, (피촉오정사)
忽現汝美顏. (홀현여미안)
那由君不知. (나유군부지)

핸드폰은 본래 맑고 그윽한 것이나
내 마음의 손길이 닿으면
갑자기 너의 얼굴이 나타난다
너는 그 까닭을 알고 있겠지?

호숫가

캄캄한 호숫가에 달이 떠오르면
칠흑 같던 내 마음에도
고요한 물결이 일렁인다

달같이 밝은
달같이 맑은
네 얼굴이 보인다

홍수

작은 빗방울 하나하나
그를 잘 모셔서 가야 할 길로
정성껏 안내하고 인도했더라면

우리가 다니는 길 위로
우리가 사는 집 안으로
들어오지는 않았을 텐데

갈 길을 몰라 헤매고 몰려다니며
건물, 둑을 헐고 뚫어
제 길을 만들며 지나가는 홍수

화장

지워지기를 바라며
입술을 그리는 여인의 마음
그를 유혹하지 못한다면
내 입술의 화장은 헛일이다

사랑스러워 가만두지 못하고
입을 맞추도록…
적어도 그의 입술에
내 립스틱을 묻혀야 한다

지워지지 못할 화장을 하고 있다면
바람에 날리는 꽃잎처럼
외로운 모습일 것이다

흔한 이름

잡초처럼 흔한 이름인데…
같은 하늘 아래 사는데…
왜 내겐 특별하고
왜 내겐 멀기만 할까

오늘도 먼 하늘 구름 보듯
혼자 가슴앓이

희망

살면서 보고 듣고
그래서 느끼고 알게 되는 것들

그 옛날 사람들도
오늘을 사는 나도
별다른 것이 없음을 알면서도

오늘도 새는 울고 꽃은 피듯이
나는 삶의 흔적들을 남기고 있다

지금 그리고 먼 훗날
나의 흔적을,
추억을 되돌아볼 수 있기를